DIA DE TOROS

COURSES DE TAUREAUX

EN ESPAGNE

PAR

P. COUSTANS et Paul LEGAY.

DEUXIÈME ÉDITION.

PARIS

E. DENTU, LIBRAIRE, GALERIE D'ORLÉANS.

1857.

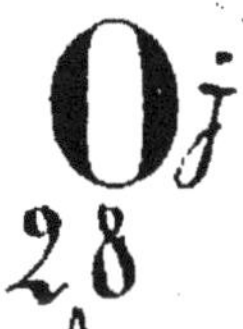

DIA DE TOROS

JOUR DES COURSES DE TAUREAUX

EN

ESPAGNE.

PAR

Paul LE GAY et P. COUSTANS.

NANTES

IMPRIMERIE F. MASSEAUX ET BOURGEOIS.

1857.

PRÉFACE.

—

Mon cher Le Gay,

Vous me demandez mon opinion sur votre livre, intitulé : *Dia de toros*.

Si vous demandiez à un amant à jamais séparé d'une femme bien-aimée, ce qu'il pense d'un portrait admirablement peint de cette idole, il ne pourrait vous répondre que par des hélas ! et par des pleurs. Je ne puis vous en dire beaucoup plus aujourd'hui.

Votre portrait n'est que trop bien peint, que trop fidèle, et je vous en veux presque de me ramener par les séductions de votre style, dans ce beau pays de lumière que je ne dois probablement plus revoir, mais qui commençait à me consoler assez bien de notre ciel gris et de notre vent glacial.

En vous lisant, je me retrouve à Madrid, sur les gradins de l'amphithéâtre, côte à côte avec les brunes *manolas;* j'applaudis avec transport *Lucas Blanco, Cuchares*, et je vois encore bondir dans l'arène le brillant *Chiclanero*. Partout autour de moi, des yeux noirs qui étincellent, et des dents blanches qui brillent ; je vois voltiger les mantilles, j'entends frémir les éventails.

Mais pourquoi toutes ces têtes se penchent-elles à la fois, comme une forêt courbée par un vent d'orage? C'est la *cuadrilla* qui s'avance. La voilà! la voilà ! Les *chulos* marchent en premier, portant au bras leurs capes de soie; puis viennent les *espadas* et *toreros* et les *picadores* à cheval. Les soieries, les rubans, les paillettes, jettent à chaque pas de brillants éclairs. Entendez-vous là-bas, du côté du soleil, le brouhaha du peuple qui agite ses chapeaux en l'air. Ah! la fête va être belle! Voyez! voyez!

Et peu à peu tout ce bruit s'éteint, et je me retrouve au dehors, dans la plaine, la carabine en main, la mante sur l'épaule, la cartouchière au corps. Le chemin blanc, serpente à perte de vue, et sur le chemin blanc, fuient devant nous nos ombres bleues, gigantesques au coucher du soleil. Les grillons chantent, les cigales s'appellent, et puis plus rien, que des aloës, des cactus, et, dans les lointains, des montagnes qui deviennent roses aux dernières lueurs du couchant. Aurons-nous une auberge ce soir, ou nous faudra-t-il coucher sur la terre, emburnoussés dans nos *mantas?*

Entends-tu? entends-tu? Giraud! une guitare résonne; il y a là-bas une auberge : *Fonda, posada* ou *meson*, peu importe! Que notre lit ce soir, soit natte ou paille hachée, allons toujours.

Et peu à peu, peu à peu, les images tremblent, se troublent et s'effacent et je me retrouve :

A Paris! — à Paris!!

Oh ! ma belle Espagne ! oh mon beau soleil !

Et puis, je suis triste tout un jour, et cela à cause de vous. N'attendez pas de remerciements au moins, car la peine est vive après ces moments de plaisir.

Aussi j'ai bien envie de vous quereller un peu.

L'Espagne, dites-vous, *est un prosaïque pays, cherchant à adoucir l'âpreté de ses mœurs au contact de la civilisation française.*

L'Espagne prosaïque, mon cher Le Gay, auriez-vous donc vu l'Espagne en économiste ? Mais à nous, qui l'avons parcourue en artistes enthousiastes, vous nous permettrez de ne pas être de votre avis.

L'Espagne est peut-être le seul pays où il reste un semblant de poésie que notre contact ne fera que trop tôt disparaître.

L'Espagne est encore romaine, maure ou chevaleresque, elle est encore imprégnée de l'esprit des populations qui l'ont habitée tour-à-tour. Les auberges sont restées fidèles aux descriptions de

Martial : rien n'a changé. Les Valenciens, baza-nés, avec leurs jupons flottants, leurs jambes nues, leurs mouchoirs roulés en turbans et leurs élégantes sandales, rappellent les Arabes ; les Andaloux, avec leurs vestes brodées, rappellent les Maures ; les longues caravanes de muletiers, par les nuits étoilées, sont restées comme une tradition des caravanes qui parcourent encore le désert. Est-il donc si prosaïque le pays où l'on donne encore des sérénades sous les balcons, où l'on danse avec les castagnettes en pleine rue, où les étudiants, en vacances, s'en vont par les villes improvisant des *seguidillas*, et récitant des vers au son de la guitare et des tambourins, où pas un Espagnol, du plus riche au plus pauvre, ne mange un mets, ne fût-ce qu'un oignon, sans vous dire, en l'accompagnant du geste, le pa-triarchal *le gusta a usted* (en voulez-vous ?) !

Si vous parlez seulement de Madrid ; Madrid est prosaïque, à coup sûr, parce que, Madrid est une capitale, et cherche comme toutes les capitales à imiter Paris, et parce que le bourgeois de Madrid, n'est pas devenu parisien, et n'est plus espagnol. Il envie notre civilisation et fait bon marché des qualités naturelles de sa nation !

Ne cherchez pas l'Espagne chez le bourgeois : cherchez-la chez le paysan, où elle s'est conservée et se conservera longtemps encore, et vous ne la verrez jamais prosaïque.

Bonjour, mon cher Le Gay, vous continuerez, à la grande joie de vos lecteurs, un voyage que vous avez si bien commencé, et si, comme nous, vous parcourez alors dans la compagnie des pèlerins et des *arrieros*, la partie méridionale de l'Espagne, dont Cadix est la perle, et dont Grenade et Séville sont les diamants, vous changerez certainement d'avis.

En attendant, malgré la petite guerre que je viens de vous faire, je ne vous dois que des félicitations, et je vous les offre de grand cœur.

Votre tout dévoué,

AD. DESBARROLLES.

INTRODUCTION.

—

Plusieurs écrivains, justement appréciés pour leur mérite littéraire, ont beaucoup écrit sur l'Espagne. — Les uns, l'ont représentée comme la terre classique de l'idéal et du roman, où se sont conservées religieusement les traditions et les coutumes d'autrefois ; les autres, sans s'inquiéter du bon sens des lecteurs, ont préconisé à outrance les balcons mystérieux, les écharpes de soie, les *guitareros*, et les bonnes lames de Tolède !

Malheureusement, tout cela n'existe plus que dans l'imagination de nos féconds romanciers, et, il faut l'a-

vouer hautement, en dépit des pages brillantes et spiri-
tuelles de MM. *Dumas, Gautier* et *de Musset*, l'Espagne
n'est plus aujourd'hui qu'un prosaïque pays , cherchant
à adoucir l'âpreté de ses mœurs au contact de la civilisation française qui, tous les jours, pénètre graduelle-
ment dans son sein.

En écrivant ces lignes , nous avons la prétention de
dégager notre récit des fioritures et des exagérations
que nous reprochons à nos devanciers.

Nous ferons assister nos lecteurs à des scènes dont
nous avons été nous-mêmes les témoins oculaires ; ils
peuvent donc, en toute liberté, apprécier notre opinion
et critiquer notre jugement.

Mais il nous prend fantaisie, en cette circonstance ,
d'employer un autre mode de critique, et de raconter
notre impression bien plus que la scène qui s'est dé-
roulée sous nos yeux.

Au fond, ce ne sera pas une manière moins impartiale
que l'autre ; si minutieuse que soit une analyse, elle ne
rend que le squelette de l'œuvre, et laisse de côté l'intérêt qui est la chair , l'acteur qui est le geste, le style
qui est l'âme.

De plus, la critique, même à son insu , dispose toujours sa narration de la façon qui s'arrange avec ses conclusions. Rien donc de moins sûr et de moins significatif que ces calques incolores. — Le seul renseignement utile, c'est l'effet produit.

En somme, quel est le but d'un drame quelconque, sinon de frapper l'esprit à un endroit ou à un autre, et de faire vibrer telle ou telle fibre de l'auditoire ?

La question est de savoir si la fibre a vibré.

La plus fidèle analyse d'un drame est l'exposé des impressions d'un spectateur intelligent. Si le lecteur le permet, le spectateur intelligent, ce sera moi, en cette occurrence.

I.

El Circo.

Il y a à Madrid, un lieu où, chaque semaine, pendant quatre heures, hommes, femmes, enfants; tous les âges, toutes les conditions, la caste et la foule, le lettré et le paysan, le millionnaire et le mendiant, le vice et la vertu, tous les contraires viennent vivre de la même pensée, espérer et trembler en commun, applaudir le même acteur, proscrire le vaincu, et voir couler le sang.

Ce lieu est une arène. — Les combattants sont des hommes, leurs adversaires des taureaux; la fête s'ap-

14

pelle *Dia de Toros*. Nous nous trouvions, il y a quelques mois, dans la capitale des Espagnes, lorsque la fantaisie nous prit à tous deux d'assister à ces spectacles qui font les délices du peuple espagnol ! ! !

Nous nous dirigeâmes vers la *Plaza de Toros*, par la *Calle de Alcala*, où nous vîmes passer rapidement devant nous, un nombre considérable de voitures et d'omnibus, attelés de six ou huit mules, richement caparaçonnées, qui fendaient la foule au triple galop, en la rejetant sur les bas-côtés, tant était grand le désir qu'éprouvaient les curieux d'arriver les premiers au cirque, et d'y retenir les meilleures places. Dans la crainte de manquer l'heure des courses, nous pressâmes le pas, et bientôt nous fûmes introduits dans un vaste amphithéâtre pouvant contenir environ 12,000 personnes.

La foule y arrivait à flots pressés. Vous eussiez vu la multitude se ruer sur les bancs, compacte et en désordre, passion et appétit, front et gueule, faite de tout, grande et petite, extrême et médiocre, enthousiaste et ironique, ayant besoin de vociférer, ayant soif de violentes émotions !

Pour la prendre tout entière, il fallait le théâtre tout

entier, il fallait une pièce faite expressément pour elle !
Ah ! ce n'est pas chose commode d'arracher le peuple espagnol à ses affaires, à ses joies, à ses inquiétu-
des; il faut un personnage robuste qui le saisisse partout à la fois, par la matière et la force, par le glaive et
le sang, par le triomphe et le linceul !

Aussi, ces milliers de spectateurs trépignaient-ils
d'impatience, demandant le combat, hurlant comme une
meute de chiens qui vont s'élancer sur la victime qu'ils
poursuivent.

Enfin la *funcion* (représentation) commença :

Le plus profond silence succéda, comme par enchan-
tement, aux bruits confus qui se faisaient entendre quelques minutes auparavant.

Du tumulte on passait au calme ; l'intérêt remplaçait
momentanément la passion :

C'était, ma foi, chose vraiment merveilleuse que
de contempler cet immense hippodrome, garni de bas
en haut d'une foule de visages sur lesquels se réflétait
la curiosité la plus anxieuse , et se préoccupant avant
tout du nom des *toréadors* qui allaient prendre part au
combat.

Ajoutez à cela un ciel du bleu le plus pur, ciel

d'azur, dont n'approche même pas celui des pays méridionaux de notre belle France ; les brunes Andalouses, parées de leurs mantilles de velours ornées de dentelles noires, faisant siffler leurs éventails de toutes nuances (qu'elles n'abandonnent jamais), avec cette grâce agaçante et toute particulière qui n'appartient qu'aux senoras espagnoles, les *ayures* (bonjours) accompagnés de sourires, d'œillades et de gestes de main, et vous aurez une idée de l'intérêt que pouvait inspirer à deux cosmopolites ce spectacle aussi nouveau qu'imprévu pour eux.

II.

La Corrida.

Dès que l'heure des courses fut arrivée, le président fit un signal à l'aide de son *panuelo* (mouchoir blanc), et deux alguazils, à cheval, portant le costume noir des familiers de la Sainte-Hermandad (ainsi le veut la tradition), firent leur entrée dans le cirque, au moment où les *timballeros* (orchestre) exécutaient quelques airs nationaux.

Le plus ancien des deux se mit à défiler sous les yeux des spectateurs, en prenant le côté droit; son compagnon suivit le côté gauche. Après s'être assurés

que toutes les portes de l'arène étaient exactement
fermées, ils se dirigèrent ensemble vers la porte d'entrée par laquelle devait sortir la *Cuadrilla*, composée
des *Espadas*, des *Chulos*, des *Banderilleros*, enveloppés
dans leurs *capas* (pièce d'étoffe rouge), et des *Picadores*
à cheval, qui sont les acteurs de ce drame qui a pour
nom *la Tauromachie*.

Lorsque S. M. la Reine assiste aux courses, la *Cuadrilla* met un genou en terre, en la saluant. Les mêmes
honneurs sont rendus à un Prince étranger ; nous avons
vu plusieurs fois, au Cirque, S. M. catholique, portant
le costume andaloux, accompagnée de son royal époux
et de la Princesse des Asturies. Mais revenons à notre
sujet :

Tous les personnages richement costumés, selon la
mode castillanne, firent le tour du cirque, et vinrent
faire le salut et la demande d'usage *al ayuntamiento*,
(la municipalité) qui se trouvait *al palco* (balcon).

Ce cérémonial accompli, le plus âgé des alguazils,
après avoir reçu *del ayuntamiento* l'autorisation indispensable pour commencer les courses, alla porter à
el encargado (employé), la clef du *toril* (étable) où se
trouvaient enfermés les taureaux. *El encargado* a pour

mission d'ouvrir le *toril*; il en reçoit les clefs que lui porte l'*alguazil*, de la main droite; et quand les *timballeros* se mettent à jouer, il ouvre aussitôt la porte.— L'*alguazil* traversa l'arène en toute hâte, après cette dernière formalité, on le vit animer son cheval et de la voix et de l'éperon, donnant ainsi aux spectateurs une comédie de l'effroi qu'il éprouvait, et provoquant une immense hilarité par cet acte de poltronnerie bouffonne qui se renouvelle à chaque course.

Il vint ensuite se placer sous la loge de la présidence, entre les barrières, tout prêt à exécuter les ordres qu'on pouvait avoir à lui transmettre.

III.

Picadores. — Toreros. — Banderilleros.

Sur ces entrefaites, le second alguazil, de son côté, s'était dirigé vers *las caballerizas* (écuries), pour assigner aux *picadores* (*los caballos*), les chevaux dont la garde est confiée aux *operarios* (domestiques), et qui sont destinés à leur servir de monture, durant le combat qu'ils vont livrer à leurs terribles ennemis.

Alors, on vit entrer dans l'arène un fier et vigoureux taureau, non pas un de ces animaux dégradés par le trait et le labour, mais une de ces redoutables bêtes, à l'encolure puissante, armée de deux cornes acérées, rappelant par ses bonds et son agilité prodigieuse, ces troupeaux furieux qui errent en liberté dans les pâturages de l'Amérique méridionale, et qui tiennent par la force, du buffle et du jaguar.

Le taureau qu'on avait eu soin d'irriter, préalablement, par des tortures subies dans le *toril*, s'élança avec impétuosité sur tout ce qu'il rencontra. Il fit plusieurs tours, en chassant devant lui les *toreros*, qui furent obligés, pour se soustraire à ses coups, de franchir la barrière protectrice , disposée à cet effet.

Puis, il s'arrêta un instant , paraissant réfléchir et faire choix d'une victime. — Aussitôt, cinq ou six lutteurs vinrent promptement l'entourer et agiter devant ses yeux la *capa*, dont ils sont tous munis.

A cette vue, l'irritation de l'animal devint excessive. Il fondit sur l'un des *picadores*, à cheval, le plus à sa portée, essayant de le frapper de ses cornes ; mais ce dernier qui se tenait sur ses gardes, le repoussa aussitôt à l'aide de sa *lanza* (lance), tandis que les *toreros* cherchaient habilement à détourner le taureau en lui présentant de nouveau leurs *capas*.

Les *toreros* prirent alors la fuite, perdant leurs *capas*, dans leur précipitation à franchir la barrière, poursuivis,

à leur tour, par leur ennemi menaçant, qui les aban-
donna, quelques moments après, pour courir de nouveau sur le *picador* qu'il n'avait pas combattu.

Les *picadores* sont toujours dans l'ordre suivant : le
premier, qui est le plus jeune, se place à la gauche de
la porte qui sert de sortie au taureau, et à la distance
de quinze pas. Le second, et en même temps le plus
ancien, conserve le même intervalle, mais à droite.

Il n'y avait que deux *picadores* dans l'arène, ce jour-
là, c'était une *Media Corrida* (demi-course), à laquelle
nous assistions.

Ce fut un triste et pitoyable spectacle de voir cet
animal, furieux, excité et irrité par le manége qu'on
lui faisait subir, se précipiter sur les chevaux des *picadores*, malheureuses victimes que l'on traîne, pour
ainsi dire, au combat, disons-le, car l'instinct de la con-
servation les porte plutôt à fuir qu'à combattre. —
Aussi, en prévision de cette circonstance, a-t-on eu
soin de leur bander les yeux, de manière qu'ils ne puissent voir le taureau qui cherche à les frapper.

Il arrive parfois qu'un cheval n'est que blessé. Son
cavalier remonte dessus aussitôt, et le pauvre animal,
dont le sang coule à flots, perdant ses entrailles (*le mot*

est textuel), les foulant aux pieds, est contraint à faire face au taureau, jusqu'à ce qu'un dernier coup de corne lui enlève le dernier souffle de vie, en abrégeant son affreux martyre ! On voit souvent des chevaux frappés du premier coup, et d'autres, enfin, qui meurent après avoir été éventrés ; n'ayant pas la force de continuer cette lutte impitoyable, ils tombent épuisés, en se dérobant subitement sous leurs cavaliers.

Notre première impression, à la vue de pareilles scènes, fut un profond sentiment de dégoût et de commisération. — Tous les spectateurs paraissaient contents; le sang commençait à couler, et la satisfaction la plus naïve (ce que c'est que la force de l'habitude), se lisait sur leur visage ; *muy bien*, (très-bien) *toro !* criaient-ils ; *Buen golpe toro* (bon coup), disaient-ils en véritables connaisseurs. Ainsi qu'on peut le voir par ce simple exposé, les chevaux, à proprement parler, n'étaient absolument là que pour verser leur sang.

Après celui-là, en vint un autre, puis un autre ; le même sort leur était réservé à tous, et vingt-huit d'entre eux succombèrent successivement. — C'était une véritable boucherie ! Pas un de ces animaux ne sortit vivant de l'arène, où , quelques instants avant , ils étaient entrés pleins de vie. — Quand il n'y a pas eu au moins ce nombre de chevaux tués, la course n'a rien valu.

Constatons, en passant, pour l'honneur de la sensibilité française, que plusieurs de nos compatriotes, qui se tenaient à nos côtés, faillirent se trouver mal. Nous avons également remarqué quelques Espagnoles , qui, malgré la grande habitude qu'elles avaient de ce genre de spectacle, perdaient parfois leur impassibilité.

Il faut que les *picadores* soient doués d'une grande force et d'une grande habileté, pour supporter, sans fatigue, les armures pesantes qu'ils ont, cachées sous leurs vêtements. En général, ce sont des hommes robustes, excellents cavaliers et maniant la lance avec vigueur. Le *picador* qui ne réunit pas tous ces avantages physiques, éprouvera toujours de très-grandes difficultés pour atteindre la réputation et la renommée de *buen mano* (bonne main). Au milieu des exercices que nécessite sa périlleuse profession, il est sans cesse exposé à des chûtes ; dans ce dernier cas, ses jours peuvent être gravement compromis, ainsi qu'on le verra plus loin.

Un *picador* blessé, est à l'instant remplacé par un autre.

Les gens de cette profession sont d'habitude graves et circonspects ; ils ont certaines règles établies : ils ne doivent piquer le taureau qu'avec art et en ne s'écartant pas des principes.

Mais assistons au combat : Le taureau qui était, ce jour là, le héros de la fête, venait précisément de démonter un *picador*, qui fit une *caïda à descuvierto* (chûte à découvert), et ce malheureux, pris sous son cheval blessé, s'attendait d'un moment à l'autre à être mis en pièces, lorsqu'heureusement pour lui arrivèrent tout à coup les *toreros*. Ceux-ci l'aidèrent à se dégager de la dangereuse position où il se trouvait, en détournant l'attention du taureau, à l'aide des *capas*, ce qui lui permit de gagner la barrière, cet utile refuge.

Quelquefois le *picador* se *roule* de lui-même jusqu'à la barrière, sans attendre l'arrivée des *toreros*.

Le taureau se contenta de frapper à plusieurs reprises, de ses cornes, et avec acharnement, le cheval abandonné, qui ne tarda pas à expirer dans l'arène, au milieu des convulsions d'une fin douloureuse, dont l'on suivait les phases en voyant les contractions de ses quatre jambes levées en l'air.— Ce taureau seul, avait déjà tué sept chevaux.

Les *muchachos*, profitant d'un moment où l'animal attaquait un *picador*, et où il était agacé par les *toreros*, vinrent enlever les cadavres des chevaux qui jonchaient l'arène.

Ce premier exercice terminé, une fanfare se fit entendre pour annoncer *la llmada à las banderilleras* (appel aux banderilles), et, au même instant, apparurent les *banderilleros*, qui ne sont autres que les *ayudantes de campo* (aides-de-camp des premières épées), armés de *banderilleras*. — Disons en quoi consistent ces armes, et de quelle manière on les emploie.

Les *banderilleras* sont de petits bâtons de 40 centimètres de long, enjolivés de rubans et de papier de couleur, et garnis à leur extrémité inférieure, par une pointe de fer taillée en forme d'hameçon, — Cette espèce de harpon se lance sur le taureau, et pénètre d'ordinaire de quelques centimètres dans son corps, en y restant suspendu par le bout. Les *banderilleros* font usage de leurs *banderilleras* en appelant le taureau, et, au moment où celui-ci va fondre sur eux, ils courent à sa rencontre et les lui enfoncent dans la chair. Ils déploient une prestesse incroyable dans ce genre d'exercice où, quelques-uns excellent au point de pouvoir placer, successivement, et avec promptitude, trois ou quatre de leurs armes, pendant le temps que met un de leurs compagnons à en poser une.

Vous vous imaginez, sans doute, aussi bien que nous, toutes les sensations douloureuses que doit éprouver l'animal, lorsqu'il porte au cou un collier de cette nature. Aussi sa rage et son exaspération ne connaissent-elles plus de limites, et malheur à l'ennemi qu'il atteint!

Le combat recommença avec plus d'ardeur, de part et d'autre; c'était vraiment le moment le plus émouvant du drame auquel nous assistions.

Les forces du taureau, ravivées par cette horrible souffrance, paraissaient décuplées. Il était véritablement beau dans cet état de furie (paroxisme de la colère)! aussi, se mit-il, de plus belle, à la poursuite des *banderilleros*, essayant, mais en vain, à se procurer la vengeance d'en faire voler quelques-uns par dessus sa tête.

IV.

El Espada. — Chulos. — Perros. — Banderilleras del fuego. — Media luna. — El Tato.

L'orchestre fit entendre une nouvelle fanfare : c'était celle de la mort ; et le tueur *el espada* (épée), fit son entrée au milieu des plus enthousiates acclamations.

Sa veste incarnat et argent, aussi riche qu'élégante, décélait que cet intrépide combattant, appartenait à l'aristocratie de sa profession.

Son *mono* de rubans neufs, lié à la petite mèche de cheveux, réservée exprès, s'épanouissait derrière sa nuque, en touffe opulente, et sa *montera* (coiffure des *espadas*), du plus beau noir, disparaissant sous des agréments de soie de même couleur, et se nouait sous le menton par des jugulaires toutes neuves et toutes brillantes.

Le moment de tuer était venu. Le silence redoublait ; l'attente oppressait toutes les poitrines, rendues haletantes par l'émotion qui avait fini par nous gagner, bien plus encore que tous les autres spectateurs. — *El espada* se dirigea avec fermeté vers la loge *del ayuntamiento*, fit le salut d'usage ; puis, jetant au loin sa *montera*, aussi gracieusement que possible, il attendit le taureau.

Son office consistait à lui enfoncer une longue épée entre les deux épaules. Pourvu de sa *muleta* (petit manteau), à l'aide de laquelle il veut forcer l'animal à baisser la tête pour le tuer plus aisément, il fit signe aux *chulos* chargés de suivre les ord es des *espadas* et d'avoir toujours leurs *capas* disposées à parer au péril, qui lui amenèrent le taureau, en l'amusant de leurs *capas*, chaque fois qu'il voulait s'écarter. — L'animal reçut du *tueur*, au moment où il s'élançait sur lui, un de ces beaux coups d'épée, donné, de haut en bas, entre les épaules ; et, ayant le fer entré jusqu'à la garde, il chancela sur ses jambes, fit encore quelques pas, puis tomba sur ses genoux, comme foudroyé, roulant sur le dos, les quatre sabots en l'air, pour expirer après cette suprême agonie. *El espada* alla saluer *el ayuntamiento* en lui présentant son épée.

Lorsque le taureau ne succombe pas après avoir reçu une ou plusieurs *estocadas* (estocades), *el cachetero* apparaît à la barrière, il s'approche le plus près possible de l'endroit où se trouvent *el espada* et le taureau, et vient achever ce dernier avec sa *puntilla* (espèce de poignard).

On ne peut se figurer l'enthousiasme indicible qui se manifesta soudainement. La foule hurlait, vociférait ; elle était ivre d'admiration : l'odeur du sang lui montait à la tête !

Sa joie et son ivresse éclatèrent en applaudissements frénétiques, suivis de trépignements prolongés. Les uns lançaient leurs *sombreros* (chapeaux) dans l'arène, les autres, leurs mouchoirs, en criant à tue-tête : *muy bien! muy bien!* (très-bien!)

Cette animation finit par nous gagner nous-mêmes, tant est grande l'influence qu'exerce sur les sens la vue de scènes aussi palpitantes !

Malgré le courage que déploie *el espada*, l'on voit

souvent le public s'emporter contre lui , lorsqu'il ne donne pas son coup d'épée à l'endroit même où il doit être porté. La décision des spectateurs est souveraine en pareille matière ; aussi , dans ce cas , se produit-elle par des invectives contre *el espada*, auquel on prodigue les épithètes outrageantes de *torpe* (maladroit)! *fuera*, *fuera* (dehors)! Quelques femmes du monde emploient de leur côté , cette expression : *caramba! carai!* Il faut dire aussi que , si l'on applaudit *el espada* , après un coup brillant , le taureau participe également à des éloges , lorsque ce même *el espada* cherche à fuir ou à se dérober à ses coups.

Il y a des cas où le taureau , soit par ruse ou par excès de fatigue , refuse obstinément de combattre un *picador*, cherchant sans cesse la porte du *toril* , et trompant par ses allures l'attente du public. C'est alors qu'on a affaire à un taureau *cobarde* (lâche) , style de tauromachie. Ce taureau se réfugie quelquefois en dedans des barrières , qu'il franchit; il en fait le tour, accueilli par les spectateurs qui occupent les premiers gradins, à coups de cannes et de *sombreros*. On le fait ensuite rentrer dans l'arène, où il mugit en grattant la terre. Les *picadores* s'avancent alors sur lui pour le combattre, et, se plaçant au milieu du cirque (ce qu'ils se gardent bien de faire, lorsque le taureau est brave), car dans cette circonstance, ils se tiennent aussi près que possible des barrières ; ils lui lancent par dérision leurs *sombreros*, avec lesquels l'animal se met à jouer parfois, et lui adressent quelques coups de lance, qui lui font prendre la fuite.

Alors, au son d'une nouvelle fanfare, on détache dans l'arène, de gros chiens dressés à ce genre d'exercice. Ces nouveaux ennemis entourent, en hurlant, l'animal paresseux et déjà fatigué par les luttes antérieures ; ils le harcellent, le mordent et finissent par le mettre en morceaux. Si ce moyen n'est pas assez efficace, on a enfin recours aux *banderilleras del fuego* (banderilles enflammées) ; elles sont munies de pièces d'artifice qui éclatent en tous sens, autour du cou du taureau dans lequel on les enfonce. Le taureau, au milieu de ce luxe de tourments, est conspué et chargé d'imprécations par l'assemblée, qui le traite de *puerco* (porc), en lui criant *fuera, fuera* (dehors), *muy malo* (mauvais), et qui demande elle-même qu'on lui applique les *banderilleras del fuego*, destinées à réveiller sa rage.

34

Ainsi qu'on le voit , il n'y a pas de raffinements qu'on n'ait inventés !

Nous avons vu des taureaux qui, malgré leur extrême fatigue, et l'état d'épuisement où ils se trouvaient, ne se laissaient pas approcher par *el espada*. On serait presque porté à croire qu'ils ont, en cette occasion, comme une sorte de pressentiment du sort fatal qui leur est réservé. En dernier lieu, et comme moyen extrême, on va chercher la *media luna ,* instrument tranchant, en forme de faucille , placé au bout d'un long manche , dont on se sert pour couper le jarret de l'animal , qui tombe, et qu'on tue alors plus aisément. La victime est achevée dans les formes prescrites , comme nous l'avons indiqué plus haut.

Le spectacle fut suspendu , et les portes s'ouvrirent pour donner passage à trois mules coquettement harnachées , qui vinrent enlever le corps du taureau et le traîner, à l'aide d'une corde qu'on lui passa au cou. Les *muchachos* répandirent ensuite du sable sur les endroits de l'arène qui portaient des traces de sang.

A l'une des dernières courses auxquelles nous assistions, nous avons été à même d'apprécier jusqu'à quel point peuvent atteindre la bravoure et le sublime hé-

roïsme *del espada*. Nous raconterons un trait qui certainement a fait époque dans les annales de la tauromachie castillanne :

El espada, *Manuel-Antonio Sanchez*, surnommé *el
Tato* (à tâtons), auquel on adressait le reproche glorieux d'être brave jusqu'à la témérité, après avoir ma-
négé supérieurement le taureau, et fait des passes de
muleta inimitables devant ses yeux, le frappa un jour
trop vivement. Le fer pénétra de quelques centimètres
dans un endroit défavorable, et rencontra l'os. — L'animal porta à l'instant, dans l'aine de son adversaire, un si
vigoureux coup de corne, qu'il le désarma par la vio-
lence du choc, sans pour cela le renverser par terre.

El Tato, à l'existence duquel tous les spectateurs
semblaient suspendus, pâle, la sueur au front, et
haletant, reprit bruyamment sa respiration, qui parais-
sait l'avoir abandonné pendant un moment ; et, ra-
massant à la hâte son épée, il la fit passer sous son
pied pour en redresser la lame, puis portant au taureau
un coup dans toutes les règles, il la plongea toute entière dans le corps de son ennemi, aux acclamations enthousiastes de la multitude, qui voulut le porter en
triomphe.

Cette terrible blessure l'empêcha , pendant trois se-maines , de prendre part aux courses qui suivirent ce mémorable combat. Le nom *del Tato* est l'un des plus connus à Madrid. Au rang des plus célèbres , nous devons également citer : *Francisco Arjona, Guillen* (Cuchares), *Cayetano Sanz, Julian Casas* (el Salaman-quino).

V.

Corridas de Novios. — Carniceria. — Les grandes dames et les tueurs.

Que le lecteur, à l'aide d'une petite digression, nous permette de l'entretenir des courses de *Novios*.

Le caractère pittoresque et original de ces courses mérite une mention particulière. L'on y fait figurer de jeunes taureaux, aux cornes desquels sont adaptés des boules ou tampons en cuir, ce qui les rend beaucoup moins dangereux pour les combattants.

A la place des *picadores*, comme cela se pratique dans les courses précédentes, ce sont des lutteurs étrangers qui prennent part au combat. Leur costume consiste en un vêtement noir, et leur coiffure ressemble assez à nos chapeaux à claque.

Par une bizarrerie incroyable, ces hommes ont le corps enfermé dans un mannequin, simulant des chevaux en carton, sur lesquels le taureau se précipite, croyant avoir affaire à un animal vivant. A chaque coup de cornes, il heurte ce mannequin, et renverse les lutteurs, qui sont tous armés d'une *lanza.*

Fort souvent, ces hommes restent sans mouvement, étendus sur l'arène ; sous nos yeux, l'un d'eux fut tué de cette manière, aux dernières courses de *Novios.* Nous avons également remarqué deux hommes placés dans un panier, supporté par une sorte de balançoire, sur lequel le taureau venait s'élancer, et avec lequel il jouait assez souvent. Après toutes ces exhibitions, arrivent *las secondas espadas* (secondes épées), qui sont chargées de tuer l'animal.

Un deuxième exercice, non moins intéressant, et qui jouit d'une grande vogue, consiste à introduire dans l'arène trois ou quatre cents personnes; (en général, ce sont les gens du peuple qui prennent part à ces jeux), et à lâcher ensuite, au milieu de cette même arène, deux ou trois taureaux , toujours munis de boules à leurs cornes.

Les individus qui ont pu , à leur grande joie , se procurer *des capas*, s'ingénient à défier les taureaux, et, le plus souvent, ces derniers frappent au hasard, à travers la foule, renversant ceux mêmes qui ne les ont pas excités, et dont le nombre parfois dépasse cinq ou six.

Ces combats plus suivis que les autres, provoquent et excitent une grande hilarité parmi les spectateurs. Nous vîmes dernièrement, à cette course, un jeune garçon, âgé de 17 ans, qui fut atteint d'un coup de corne, en pleine poitrine, et qui succomba. Le peuple espagnol aime beaucoup ces sortes de combats, que nous appréhendons, par la raison naturelle que ceux qui y prennent part ne sont pas armés , et n'ont pas l'habitude des précautions dont il faut savoir s'entourer quand le taureau va s'élancer, comme les *picadores* dont il a été fait mention plus haut.

Assistons au dénouement d'une course de taureaux, c'est l'acte spécialement réservé au bas peuple, car toutes les classes confondues, aristocratie et bourgeoisie, prennent part au premier, dont le lecteur a pu suivre avec nous toutes les péripéties dramatiques.

Nous avons dit plus haut que le cirque pouvait contenir environ 12,000 personnes ; malgré sa vaste étendue, il est souvent trop étroit pour recevoir tous les spectateurs qu'attire *el Dia de Toros.*

En dehors, stationnent 3 ou 4 mille curieux, n'ayant pu entrer dans l'enceinte par suite du manque de places, ou bien encore par le manque de quatre *réaux* (1 franc), somme au moins indispensable pour pénétrer dans cet amphithéâtre si envié. Ces oisifs n'éprouvent qu'une médiocre jouissance ; pourtant ils en ont une, car on les voit s'entasser autour de la porte par où sortent les victimes. Là , ils attendent, et trépignent d'aise au bruit des bravos qui retentissent à l'intérieur ; ils s'associent par la pensée au spectacle dont leurs yeux sont privés, et leur esprit, livré à une souriante vision, leur représente quelque cheval éventré, quelque beau coup de lance : ils sont heureux à leur manière.

Mais quand les portes s'ouvrent pour donner passage aux chevaux qui ont succombé, la réalité succède à l'illusion. Les appétits sanguinaires se montrent au grand jour, et d'une façon odieuse.

Pareils à une volée de corbeaux qu'attire l'odeur des cadavres, les gens du peuple se précipitent en foule pour voir traîner et passer ces malheureux animaux. L'empressement passionné qu'ils mettent à considérer ce pitoyable spectacle est tel, qu'ils se hissent les uns sur les autres, pour se délecter plus à l'aise. Un hurrah général accueille chaque corps qu'on emporte vers les terrains qui avoisinent la place. De cette manière, tous les amateurs prennent part à l'ignoble curée. On voit alors des enfants de tout âge, se livrer à de barbares ébats. Les uns sautent sur les cadavres et piétinent dans le sang ; les autres piquent de leurs poignards ces animaux qui n'ont pas toujours rendu le dernier soupir, et, les achevant à coups de pieds, de bâtons et de pierres, ils se font un déplorable jeu des souffrances, des agonies et de la mort de ces créatures que Dieu avait formées pour l'utilité et l'ornement du genre humain !

Mais hâtons-nous d'abandonner ces détails odieux, pour revenir à des considérations d'un ordre plus élevé et plus digne de notre civilisation. Le corps du taureau, en sortant de l'arène, est transporté à la *carniceria* (boucherie), et sa chair, encore palpitante, est vendue toute chaude au bas peuple (*la gente baja*), qui se presse en foule pour y faire sa provision.

C'est toute une étude de mœurs à esquisser ; aussi que de gens s'en retournent chez eux, mécontents de

42

n'avoir pas pu s'approcher de la *Carniceria*! Quelques analystes ont prétendu qu'on y débitait aussi de la chair de cheval. Cette dernière assertion n'a rien d'étonnant, car certaines parties de l'animal que Buffon a si dignement célébré, ne sont pas à dédaigner, au dire de ceux qui en ont fait l'essai. — Cette question, du reste, en France, était récemment à l'ordre du jour, et Dieu sait le nombre de récriminations qu'elle a soulevées, au sein même de l'Académie des sciences !

On comprend parfaitement que chez un peuple passionné, comme l'est le peuple Espagnol, l'exaltation du sentiment prenne les formes les plus invraisemblables. On admet bien aussi que l'admiration qu'il éprouve *a priori* pour des bêtes triomphantes, puisse se reporter *a posteriori* sur leurs glorieux vainqueurs. Il n'y a donc pas lieu de s'étonner, si plus d'un cœur de grande dame a souvent palpité à la vue *del espada* dont les jours, menacés d'abord, étaient bientôt illustrés par de glorieux triomphes ! Que de beaux noms de *comtezas* nous ont été cités, comme s'étant éprises *del espada*! Que de *marquesas* les ont souvent guettés, au sortir de l'arène, pour leur faire signe de la main ! Si d'autres faveurs les attendaient, que le lecteur intelligent les devine !

VI.

Origine des combats de Taureaux. — Pan y Toros.

L'origine des *combats de taureaux* remonte au XIme siècle, si l'on en croit les chroniqueurs castillans. Plusieurs fois, on vit d'illustres personnages descendre dans l'arène (à l'exemple des patriciens de Rome), témoin le *Cid Campeador*, qui honorait d'une protection spéciale ces fêtes tant favorisées par les rois de Castille. En 1124, à l'occasion du mariage d'*Alonzo VII* avec la belle *Dona Berenguela*, fille du comte de Barcelonne, il y eut un combat, où figura incognito, le *Cid Campeador*, qui s'y distingua par sa valeur et sa dextérité peu commune , en tuant plusieurs taureaux redoutables, et faisant éventrer quantité de chevaux. A la fin des courses, il alla , heureux et triomphant , fléchir le genoux devant la reine , aux grands applaudissements de la foule.

Ces jeux prirent une grande extension à partir du règne de Jean II. Un des principaux motifs auxquels on l'attribue, fut l'esprit de galanterie qui permettait à tout chevalier de mettre en relief sa valeur personnelle, et de mériter, par ses hauts faits , des faveurs que tout ce monde, enthousiaste de la beauté des dames , briguait à l'envî. Notons aussi , en passant, la part qu'y prirent, de tout temps, les souverains, ainsi que l'émumulation qui existait entre les chevaliers Maures de Grenade.

En Espagne, les courses de taureaux sont en vigueur plus que jamais ; il faudra l'œuvre du temps et de la civilisation pour déraciner ces mœurs nationales qui, malgré l'aspect cruel sous lequel on les envisage, offrent pourtant un irrésistible appât. A *Madrid*, ces spectacles attirent une foule immense, et avide d'émotions, à tel point que beaucoup d'Espagnols se privent du nécessaire pour se procurer ce plaisir. Il nous est tombé sous la main un ouvrage intitulé : *Pan y Toros* (pain et taureaux), dans lequel il est fait mention de la passion du peuple pour ces divertissements, ainsi que des privations qu'il s'impose pour se les procurer, le jour *del Dia de Toros.*

Un trait peint à lui seul cette exaltation populaire. Il s'applique aux gens qui, n'ayant pu pénétrer dans l'enceinte, au récit animé de toutes les phases des jeux dont ils s'étaient vus privés, s'écriaient douloureusement :

« *Mi cuerpo esta aqui, pero my alma esta al circo !* » Mon corps est ici, mais mon âme est au cirque ! »

[illegible]

[illegible]
[illegible]
[illegible]
[illegible]

[illegible]
[illegible]
[illegible]
[illegible]

[illegible]
[illegible]

VII.

Conclusions.

En dépit des déclamateurs français , la *Fiesta de Toros* sera toujours en grande faveur auprès du peuple Espagnol, puisqu'elle lui procure l'occasion et le plaisir d'épancher sa joie, et de raviver en même temps de glorieux souvenirs.

C'est donc un spectacle à la fois héroïque et national. Lutter contre ces deux mobiles, serait donner lieu à une révolution ; car, c'est souvent au sortir des courses de taureaux, qu'ont eu lieu les insurrections les plus terribles.

Nous avons observé que les combats de taureaux exerçaient leur influence beaucoup plus sur les hommes du peuple, que sur la classe intelligente et instruite. Ils les familiarisent avec le sang, leur apprennent à savourer la douleur, à jouir de l'agonie des vivants qui souffrent comme nous , à devenir barbares ; en un mot , c'est une initiation à un système de sensations qui les conduit à des applications féroces.

Et l'on s'étonne qu'en sortant du cirque , tant de crimes, tant d'assassinats soient accomplis ! On ne fait absolument que mettre en pratique la leçon qu'on vient de recevoir. Ne pouvant verser le sang des chevaux et des taureaux , on fera couler celui des êtres humains avec la même impassibilité. Aussi, pensons-nous que les gens habitués à ces spectacles , sont moins accessibles aux sentiments d'humanité et de sensibilité ; l'on se blase sur tout, peu-à-peu, même à la vue du sang, bien plus, à le répandre froidement.

Nous avons hâte de terminer ces appréciations graves et philosophiques, tout en comprenant le caractère de ces fêtes nationales , qui sont le rendez-vous de la noblesse, du tiers-état et du peuple.

Mais , de toutes nos impressions , la plus triste fut

celle du sort réservé à ces pauvres chevaux , utiles serviteurs de l'homme , exposés tant de fois à périr ignominieusement dans l'arène. Que les *toreros* risquent leur vie, rien de mieux! Ils ont pour eux, d'abord l'intelligence et la conscience de leurs actes ; puis l'adresse, l'agilité , la liberté pour fuir le danger ; mais qu'ils viennent faire immoler des chevaux auxquels on bande les yeux, et dont on paralyse tous les moyens de défense, c'est ce que nous ne saurions admettre. Sans toutes ces circonstances, de tels jeux nous paraîtraient beaucoup plus supportables, surtout chez ce peuple étrange.

En Espagne, les combats de taureaux sont exploités par une société, et le revenu qu'on en tire appartient aux hospices. L'*entreprise* des combats fournit les hommes, les chevaux et les taureaux, sans qu'elle prétende garantir, le moins du monde, les accidents qui surviennent.

Nous avons dit, au commencement de notre récit, que l'Espagne n'était plus , aujourd'hui , qu'un prosaïque pays , cherchant à adoucir l'âpreté de ses mœurs au contact de la civilisation française. C'est, à notre avis, la plus exacte définition qu'on puisse faire de sa situation morale ; toutefois, nous ne voulons pas dire que toute source de poésie pittoresque soit perdue pour elle.

Le progrès y pénètre, il est vrai, mais lentement. A Madrid, la vente des poignards et des *navajas* (grands couteaux), est permise : qui n'a pas sa *navaja*? On en autorise l'exhibition en pleine rue; c'est une arme nécessaire et indispensable ; c'est à qui l'aura, et la plus longue et la plus aiguë : on s'exerce à la manier; on prend des leçons de poignard (véritables leçons d'assassinat), comme chez nous on prend des leçons d'escrime ; la canne à épée est partout ; en un mot, tout le monde est armé d'une manière permanente. Quand un peuple en est là, il est bien loin encore des douceurs que procurent la quiétude, la sécurité, qui sont, à notre sens, les conditions essentielles d'une nation civilisée et désireuse de vivre en paix et sans effusion de sang. Puissions-nous, dans vingt ans, retrouver le poignard Espagnol transformé en simple jonc de *Thomassin!* C'est là notre vœu le plus sincère !! Puissent aussi les courses de taureaux n'être plus un besoin pour les enfants de la *Péninsule.*

FIN.

TABLE DES MATIÈRES.

—

Pages.

PRÉFACE par Ad. Desbarolles................. 3

INTRODUCTION 9

CHAPITRE Iᵉʳ. — El Circo 13

CHAPITRE II. — La Corrida................. 17

CHAPITRE III. — Picadores. — Toreros. — Banderilleros.................. 21

CHAPITRE IV. — El Espada. — Chulos. — Perros.
— Banderilleras del fuego. —
Media luna. — El Tato..... 29

CHAPITRE V. — Corridas de Novios. — Carniceria. — Les grandes Dames et
les Tueurs.................. 37

CHAPITRE VI. — Origine des combats de Taureaux. — Pan y Toros....... 43

CHAPITRE VII. — Conclusions................. 47

Nantes, imprimerie F. Masseaux et Bourgeois.

TABLE DES MATIÈRES.

Pages

Préface par M. 3

INTRODUCTION 9

CHAPITRE Ier. — Il Coso 15

CHAPITRE II. — La Cuadrilla 17

CHAPITRE III. — Picadores. — Toreros. — Banderilleros 21

CHAPITRE IV. — El'Espada. — Chulos. — Perros. — Banderillas del fuego. — Media luna. — El Toro 29

CHAPITRE V. — Corridas de Novillos. — Carpinteria. — Les grandes Fêtes et les Toretes 37

CHAPITRE VI. — Origine des combats de Taureaux. — Pan y Toros 43

CHAPITRE VII. — Conclusions 47

Nantes, imprimerie V. Forest et Grimaud.

www.ingramcontent.com/pod-product-compliance
Ingram Content Group UK Ltd.
Pitfield, Milton Keynes, MK11 3LW, UK
UKHW022326120726
13694UKWH00004B/1538